Voo e a Pirueta

The flight and the pirouette

FICHA TÉCNICA

EDITORIAL	Augusto Coelho
	Sara C. de Andrade Coelho
COMITÊ EDITORIAL	Marli Caetano
	Andréa Barbosa Gouveia - UFPR
	Edmeire C. Pereira - UFPR
	Iraneide da Silva - UFC
	Jacques de Lima Ferreira - UP
SUPERVISOR DA PRODUÇÃO	Renata Cristina Lopes Miccelli
REVISÃO	Renata Cristina Lopes Miccelli
PROJETO GRÁFICO	Renata Cristina Lopes Miccelli
ILUSTRAÇÃO	Gisele Daminelli
REVISÃO DE PROVA	Renata Cristina Lopes Miccelli

Editora Appris Ltda.
1.ª Edição - Copyright© 2023 dos autores
Direitos de Edição Reservados à Editora Appris Ltda.

Nenhuma parte desta obra poderá ser utilizada indevidamente, sem estar de acordo com a Lei nº 9.610/98. Se incorreções forem encontradas, serão de exclusiva responsabilidade de seus organizadores. Foi realizado o Depósito Legal na Fundação Biblioteca Nacional, de acordo com as Leis n°s 10.994, de 14/12/2004, e 12.192, de 14/01/2010.

Catalogação na Fonte
Elaborado por: Josefina A. S. Guedes
Bibliotecária CRB 9/870

S324v
2023

Schendroski, Rafaela
   O voo e a pirueta (the flight and the pirouette) / Rafaela Schendroski.
   1. ed. – Curitiba : Appris, 2023.
   48 p. : il. color. ; 23 cm.

   Texto em português e inglês

   ISBN 978-65-250-5082-9

   1. Literatura infantojuvenil. 2. Sonhos. I. Título.

CDD – 028.5

Livro de acordo com a normalização técnica da ABNT

Appris Editora

Editora e Livraria Appris Ltda.
Av. Manoel Ribas, 2265 – Mercês
Curitiba/PR – CEP: 80810-002
Tel. (41) 3156 - 4731
www.editoraappris.com.br

Printed in Brazil
Impresso no Brasil

Rafaela Schendroski

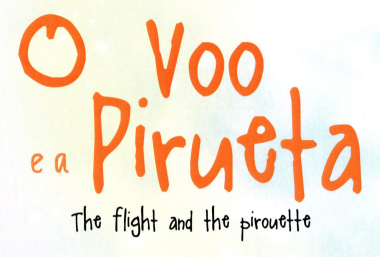

O Voo e a Pirueta
The flight and the pirouette

Appris
editora

ESTE LIVRO PERTENCE A:

_____

À RITA, MINHA MÃE, QUE ME FEZ CRESCER ENTRE LÁPIS, GIZES E LIVROS, SEMEANDO, EM MIM, O AMOR POR TODOS ELES.
À MINHA "MÃE CIDA", MINHA AVÓ, QUE FOI QUEM ME APRESENTOU A UMA OUTRA LILI, QUE, HOJE, DÁ NOME A ESTA.
AO CADU, MEU LINDO AFILHADO, A QUEM EU ESPERO PODER DEDICAR E CONTAR MUITAS HISTÓRIAS MAIS.

TO MY MOM, RITA, WHO MADE ME GROW AMIDST PENCILS, CRAYONS AND BOOKS,
SOWING IN THE LOVE FOR ALL OF THEM.
TO MY "MÃE CIDA", MY GRANDMA, WHO INTRODUCED ME TO ANOTHER LILY,
WHO NOW GIVES THIS ONE HER NAME.
TO CADU, MY BEAUTIFUL GODCHILD, TO WHOM I HOPE TO DEDICATE
AND TELL MANY MORE STORIES.

Apesar de ter os pezinhos
sempre descalços,
no chão,
com a cabeça nas nuvens,
Lili vivia, sempre
sonhando com o dia
em que subiria
em um avião.
Uau! Que bela visão!

THOUGH HER LITTLE FEET REMAINED BARE ON THE GROUND, LILY'S HEAD WAS IN THE CLOUDS. SHE WAS ALWAYS WONDERING ALOUD, DREAMING OF THE DAY WHEN SHE'D FINALLY FLY A PLANE.

AH! MAS VOCÊS TODOS VEJAM BEM: LILI NÃO QUERIA SABER DE PASSEIO, NÃO, NEM DE VIAJAR À PRAIA OU ÀS MONTANHAS NAS FÉRIAS, COM OS PAIS E O IRMÃO.

DO FUNDO DO SEU CORAÇÃO,
PILOTAR ERA O QUE LILI QUERIA.
ISTO MESMO: SEU DESEJO ERA, UM DIA,
SER PILOTO DE AVIÃO!
OU MELHOR, "PILOTA", DIZIA.
SEM LIGAR PARA O IRMÃO,
QUE SÓ RIA E RIA.

FROM THE DEPTHS OF HER HEART, NO LIE,
WHAT SHE WANTED WAS TO FLY UP HIGH!
THAT'S RIGHT: LILY WANTED TO BE A PILOT,
BETTER STILL, A "PILOTESS",
SHE'D CORRECT.
IGNORING HER BROTHER'S
LAUGHTER AND SNEER,
THE LITTLE GIRL'S
DREAM WAS
CRYSTAL CLEAR.

JOEY, THE BIG BROTHER, WOULD TEASE:
"GIVE IT UP, SIS, DON'T ACT SILLY.
'PILOTESS' IS NOT EVEN A WORD!
PLANES ARE FOR BOYS;
GIRLS? ROSES AND LILIES!", HE'D SAY.
ONLY TO MAKE HER ANGRY
AND RUIN HER DAY.

BEM, MAS LILI, SE QUEREM SABER,
ESPERTA QUE SÓ, NEM LIGAVA!
DAVA DE OMBROS À PROVOCAÇÃO
E SEU BELO AVIÃO PILOTAVA!

"ATENÇÃO, SENHORES PASSAGEIROS, AQUI QUEM FALA É A 'PILOTA' LILI. A PREVISÃO É DE SOL E CALOR, HOJE, EM PINDAMON... PINDAMONA... PINDAMONGABA!"

"LADIES AND GENTLEMEN, ATTENTION PLEASE, THIS IS YOUR 'PILOTESS', LILY, TODAY'S FORECAST IS SUNNY AND HOT IN MASHACH..., IN MASSACHU..., IN MASSACHULTS... IN THIS LIVELY SPOT!"

"ACHO MELHOR, DA PRÓXIMA VEZ,
ESCOLHER OUTRO DESTINO.
BEM, QUE TAL OURO FINO?",
A MENINA PENSAVA.
AFINAL, AQUELE ERA MUITO DIFÍCIL,
E LILI SEMPRE SE ENROLAVA!

"MENINA, QUANTA INVENCIONICE!"
DESSA VEZ, ERA A MÃE,
DONA CLEONICE,
QUE, NO FUNDO,
BEM ACHAVA GRAÇA:
"COISA DE CRIANÇA,
VONTADE MALUCA,
QUE VEM... E QUE PASSA!"

BEM, O PRÓPRIO JOCA, QUANDO PEQUENINO, JÁ QUIS SER ENGRAXATE, ASTRONAUTA E ATÉ ALFAIATE!

JOEY HIMSELF HAD MANY DREAMS TO CHASE AS A LITTLE BOY, HIS AMBITIONS DID RACE FROM BECOMING A TAILOR, AN ASTRONAUT, OR A SHOESHINE BOY. EVERY DAY WAS A DIFFERENT PLOY!

NUNCA TEVE PARADA ESSE MENINO!
E AGORA DEU ATÉ PRA DIZER
QUE, ASSIM QUE CRESCER,
VAI SER BAILARINO!

THIS BOY, ALWAYS ON THE GO,
SAYS HE'LL DANCE WHEN
HE'S BIG, YOU KNOW?
A FUTURE BALLET
STAR IN THE SHOW,
WITH EVERY PIROUETTE,
SUCH TALENT WILL GLOW.

BEM, O TEMPO PASSOU, LILI, "A PILOTA", ESPICHOU E O MUNDO ENCAROU. COM CORAGEM E FORÇA, ELA BEM PROVOU A TODOS: AVIAÇÃO É, SIM, "COISA DE MOÇA".

INDEED, AS TIME WENT BY, LILY, THE "PILOTESS", GREW TALL AND DID REACH FOR THE SKY. WITH COURAGE AND STRENGTH, SHE'S JUST PROVED TO ALL: AVIATION IS NOT ONLY FOR MEN!

E ESSA MOÇA AGORA
TÁ INDO PRA BEM LONGE,
ASSISTIR AO BALÉ DO TEATRO BOLSHOI,
DIZEM SER BONITO QUE DÓI!
HOJE, LILI NÃO VAI PILOTÁ-LO,
MAS, SIM, VAI DE AVIÃO
ASSISTIR DANÇAR O IRMÃO!

BUT TODAY LILY WON'T BE
FLYING THE PLANE,
THE GIRL IS HEADED FAR AWAY,
TO SEE THE BOLSHOI BALLET PLAY,
THEY SAY IT'S STUNNING,
A SIGHT TO BEHOLD,
AND WORTH THE JOURNEY, I'M TOLD.
SHE'LL PROUDLY WATCH JOEY DANCE,
HEARTS FULL OF JOY AND ROMANCE!

Alguns podem ainda pensar deste jeito: "Que coisa mais diferente! Uma garotinha 'pilota', um garoto bailarino?!"

JÁ EU PENSO: "BEM FEITO!"
PRA QUEM PENSOU QUE
AVIÃO FOSSE COISA
"SÓ DE MENINO".
PORQUE NO FIM
DAS CONTAS,
AVIÃO É COISA
DE GENTE.
TODO MUNDO
PODE SER
O QUE QUISER,
ATÉ PRESIDENTE!

"O CÉU É O LIMITE!"
MENOS PR'AQUELA
MENINA, QUE,
EMBORA TÃO
PEQUENINA,
JÁ O DESBRAVAVA.
LILI "PILOTA", AFINAL.
MAS... ALGUÉM DUVIDAVA?

THE SKY'S NOT THE LIMIT, OKAY? NOT FOR THIS LITTLE GIRL! THOUGH SHE MAY BE SMALL IN EVERY WAY, LILY, A "PILOTESS" WITH WINGS SO BOLD, EXPLORING THE SKIES WITH SKILL UNTOLD. FOR THOSE WHO DOUBTED HER BEFORE, SHE PROVES THAT SHE'S SO MUCH MORE!

APESAR DE TER O CORAÇÃO
SEMPRE COM JOCA, 'NO CHÃO',
A MENINA MANTÉM A CABEÇA NO CÉU,
POR ONDE VOA TODO DIA,
COM UMA ENORME ALEGRIA.
PILOTANDO SEU TÃO SONHADO AVIÃO...
UAU! QUE BELA VISÃO!

THOUGH HER HEART STILL REMAINS
WITH HER BROTHER ON THE GROUND,
LILY'S WINGS ARE IN THE CLOUDS.
SHE'S FLYING ROUND AND ROUND,
EVERY DAY, WITH TOTAL DELIGHT,
FOR SHE'D FINALLY FLY A PLANE.
WOW! WHAT A SIGHT!

AGRADECIMENTOS

Ao Raphael, meu amor, amigo e fã número um, que, por vezes, acredita mais em mim do que eu mesma costumo acreditar.

À Claudia, a professora que despertou em mim o amor pela língua inglesa, me fez querer ser uma professora também e me deu a minha primeira oportunidade em sala de aula.

Aos meus alunos e amigos, que, com seus elogios e palavras gentis, sempre me incentivaram a publicar um livro.

À Gisele Daminelli, artista ímpar, que foi capaz de conferir vida à Lily e ao Joca com uma perfeição além do que eu poderia sonhar.

Ao Leo Marcorin, escritor talentoso que me presenteou com sugestões valiosas.

A você, leitor, por ter folheado estas páginas com, escolho crer, muito carinho.

Finalmente, à Lili e ao Joca, por me mostrarem que sonhos são importantes e perfeitamente alcançáveis.

ACKNOWLEDGMENTS

To Raphael, my love, friend, and number one fan, who sometimes believes in me more than I believe in myself.

To Claudia, the teacher who awakened my love for the English language, made me want to be a teacher too, and gave me my first opportunity in the classroom.

To my students and friends who, with their compliments and kind words, have always encouraged me to publish a book.

To Gisele Daminelli, a unique artist who was able to bring Lily and Joey to life with perfection beyond anything I could have dreamed of.

To Leo Marcorin, a talented writer who gifted me with valuable suggestions.

To you, reader, for having flipped through these pages with, I choose to believe, much affection.

Finally, to Lily and Joey, for showing me that dreams are important. And perfectly attainable.

RAFAELA SCHENDROSKI

"Eu sempre usei livro pra tanta coisa, que a coisa que mais me espanta é ver gente vivendo sem livro". (Lygia Bojunga)

Nasci no interior de São Paulo, onde vivo até hoje. Sou professora de Inglês e Português, tradutora, preparadora de texto e revisora. Creio que tais funções já deixem claro o quanto eu me cerco de livros. Seja para lê-los, revisá-los ou, como agora, escrevê-los.

Este aqui é um sonho antigo que, confesso, eu nem sabia que tinha. Ao menos não assim. Nunca pensei que o meu primeiro livro solo seria uma história infantil, bilíngue e em rima. Lili e Joca nasceram da minha imaginação, sim, mas, sobretudo, do meu coração, e, neste momento, eu estou prestes a "entregá-los" a você. Na esperança de que eles entrem, mesmo que timidamente, no seu também. Bom voo!

"I have always used books for so many things, and what surprises me the most is seeing people living without books". (Lygia Bojunga)

I was born in the countryside of São Paulo, where I still live today. I am an English and Portuguese teacher, translator, text editor, and proofreader. I believe these roles make it clear how surrounded by books I am. Whether it's reading them, revising them, or, now, writing them.

This here is an old dream that, I confess, I didn't even know I had. At least, not like this. I never thought my first solo book would be a bilingual picture book in rhyme. Lily and Joey were born from my imagination, but above all, from my heart, and right now, I am about to "hand them over" to you. Hoping that they will enter your heart too, even if timidly. Enjoy your flight!

E VOCÊ? O QUE QUER SER QUANDO CRESCER?
WHAT DO YOU WANT TO BE WHEN YOU GROW UP?

_____

DESENHE AQUI
DRAW THERE

QUE TAL COLORIR?

HOW ABOUT COLORING?

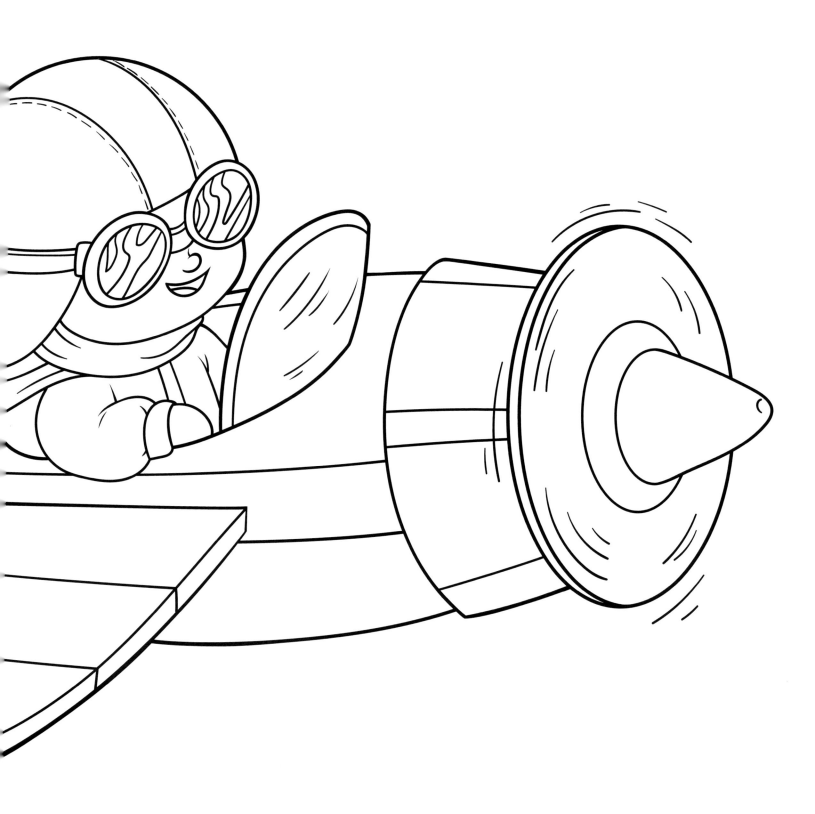